JULIE PARSONS

AN SEOMRA TOBAC

Aistritheoir: Máire Mhic Mheanman

Comhairleoir Teanga: Pól Ó Cainín

Sa Nua-Shéalainn a rugadh Julie Parsons, ach is in Éirinn atá sí an chuid is mó dá saol. Chaith sí seal ina léiritheoir raidió agus teilifíse le RTÉ. Tá sí ag gabháil don scríbhneoireacht go lánaimseartha ó foilsíodh a céad úrscéal, *Mary, Mary*, in 1998. D'éirigh thar cionn leis agus aistríodh go seacht dteanga dhéag é. Bhí *The Guilty Heart*, úrscéal eile léi, sa liosta is fearr díol go ceann sé seachtaine. Tá sí pósta, agus tá cónaí uirthi lasmuigh de Bhaile Átha Cliath.

NEW ISLAND *Open Door*

An Seomra Tobac
D'fhoilsigh New Island é den chéad uair in 2007
2 Bruach an tSrutháin
Bóthar Dhún Droma
Baile Átha Cliath 14
www.newisland.ie

Aistrithe ag Máire Mhic Mheanman

Tá taifead chatalóg an CIP don leabhar seo ar fáil ó Leabharlann na Breataine.

ISBN 978-1-905494-68-2.

Is le maoiniú ón gComhairle um Oideachas Gaeltachta agus Gaelscolaíochta a cuireadh leagain Ghaeilge de leabhair Open Door ar fáil

An Chomhairle um Oideachas
Gaeltachta & Gaelscolaíochta

Tugann an Chomhairle Ealíon (Baile Átha Cliath, Éire) cúnamh airgeadais do New Island.

Arna chlóchur ag New Island
Arna chlóbhualadh ag ColourBooks
Dearadh clúdaigh le Artmark

A Léitheoir dhil,

Ábhar mórtais dom mar Eagarthóir Sraithe agus mar dhuine d'údair Open Door, réamhrá a scríobh d'Eagráin Ghaeilge na sraithe.

Cúis áthais í d'údair nuair a aistrítear a saothair go teanga eile, ach is onóir ar leith é nuair a aistrítear saothair go Gaeilge. Tá súil againn go mbainfidh lucht léitheoireachta nua an-taitneamh as na leabhair seo, saothair na n-údar is mó rachmas in Éirinn.

Tá súil againn freisin go mbeidh tairbhe le baint as leabhair Open Door dóibh siúd atá i mbun teagaisc ár dteanga dhúchais.

Pé cúis atá agat leis na leabhair seo a léamh, bain taitneamh astu.

Le gach beannacht,

Patricia Scanlan.

Patricia Scanlan

Caibidil a hAon

Bheadh cuimhne riamh ag Eoin Ó Dálaigh ar an gcéad uair a leag sé súil ar Aoife Ní Dhónaill. Bhí sé in Aerfort Malaga, ar a bhealach abhaile ón Spáinn. Bhí coicís caite aige faoin ngrian. Bhí sise ina seasamh ag cuntar na gcumhrán i gceann de na siopaí a bhí gar do na geataí imeachta. Bhí buidéal mór ina lámh ag an gcailín siopa. Bhí Aoife claonta i dtreo an bhuidéil, na súile dúnta, agus cuma lánsásta ar a haghaidh bheag ghleoite.

Cad a mheall é? Ní raibh a fhios aige. Spéirbhean, cinnte, agus bhí sí déanta go hálainn. Bhí cosa fada caola uirthi, coim bhídeach, gruaig dhubh lonrach, a craiceann mín griandaite. Ach níorbh í a haghaidh amháin a thug ar Eoin stopadh agus labhairt léi, ach an chuma a tháinig ar a héadan nuair a bhí sí ag bolú an chumhráin. Bean phaiseanta, de réir cosúlachta. Níor dhuine dána é Eoin de ghnáth, ach thug an chuma sin muinín dó dul suas agus labhairt léi. Sháigh sé a lámh amach. "Haigh!" ar seisean. "Eoin Ó Dálaigh is ainm domsa. Cad a déarfá le deoch nó cupán caife a ól liom agus muid ag fanacht ar an eitleán?"

Phós siad an bhliain dár gcionn. Deich mbliana ina dhiaidh áfach agus é ag breathnú ar Aoife, ba dheacair d'Eoin aon rian a fheiceáil den spéirbhean óg a casadh air an lá úd. Cinnte, bhí sí gleoite dea-chóirithe tanaí griandaite i gcónaí.

Ach ní paisean a bhí ina héadan níos mó, ní hea ach saint! Bhí gach uile shórt uaithi, láithreach bonn baill!

Ní gan chúis a bhí Aoife ag breathnú ar an gcumhrán an lá úd, faoi mar a tharla. Bhí sí ag obair i rannóg na gcumhrán i gceann de na siopaí ba ghalánta i mBaile Átha Cliath. Is í a bhí i mbun chuntar Chanel sa siopa. Bhí sí i ngrá le cumhráin Chanel. Bhí an-chur amach aici ar ndóigh ar na cumhráin eile ar fad a dhíolaidís. D'aithneodh sí ceann ar bith díobh gan stró, agus is í a bhí in ann iad uile a ainmniú. Ach dar léi gur rug Chanel an bua ar na cumhráin uile maidir le soiléire, agus brí agus boladh. Bhí na tréithe sin ar fad ag Chanel. Cumhrán foirfe, agus ba é sin a bhí ó Aoife freisin.

Níor chuir Eoin spéis dá laghad sa chumhrán go dtí gur casadh Aoife air. Rud a bhí ann a chaitheadh na cailíní. Níor mhiste leis buidéal beag cumhráin a cheannach dá mháthair faoi Nollaig nó dá lá breithe. Bhí cúpla seanchanna aige de díbholaíoch éigin, agus lóis iarbhearrtha aige sa seomra folctha. Ba nós leis braon nó dhó a chroitheadh air féin sula gcastaí cailín air. Chuir Aoife deireadh leis sin. Ní túisce geallta iad ná d'fhéach sí ar a chuid lóiseanna.

"Amach sa bhruscar leis an stuif sin uile," ar sise. Agus rinne sé sin. "Beidh tú á chaitheamh seo feasta," ar sise. Agus bhain sí buidéal snasta discréideach de lóis iarbhearrtha Chanel as a mála. Chlaon Eoin a cheann, agus ghéill sé di. D'aithin sé nárbh fhiú cur ina coinne.

Agus ba mhinic ina dhiaidh sin a d'aithin sé nárbh fhiú cur ina coinne ach an oiread. Bhí Aoife ar fheabhas chun a raibh uaithi féin a fháil. Bhí taithí na mblianta aici. Níor casadh aon duine riamh ar Eoin roimhe sin a bhí chomh millte. Ar a hathair a bhí an locht, dar le Eoin. Bhí a hathair meánaosta faoin am ar phós sé. Fuair máthair Aoife bás go gairid tar éis d'Aoife óg teacht ar an saol. Ní túisce Liam Ó Dónaill ina athair ná é ina bhaintreach fir freisin, agus é ag iarraidh cúram athar agus máthar a dhéanamh dá leanbh óg.

"Cén fáth a bhfuil tú á pósadh?" a deireadh Stiofán, dlúthchara Eoin, leis go minic. "Tá sí go hálainn, cinnte, agus saibhir freisin, ach caithfidh tú a admháil go bhfuil teanga ghéar aici."

Ach ní admhódh Eoin é. Bhí a fhios aige go bhféadfadh sí a bheith cantalach uaireanta. Ach ba mhór an spórt í freisin. Agus bhí sí éagsúil leis na cailíní a bhí aige go dtí sin. Bhí sí dána agus ba mhian leí dul chun cinn. Bhí sí go maith i mbun airgid. Go gairid i ndiaidh na bainise d'inis sí dó go raibh plean aici: siopa cumhráin dá cuid féin a oscailt agus dul in iomaíocht leis na siopaí móra.

"Dul in iomaíocht leo, agus a bheith níos fearr ná iad, sin é atá uaim," ar sise go daingean, agus gloine fíona á ardú aici. "Sin atá fúm a dhéanamh. Fan go bhfeicfidh tú."

Níor dhúirt Eoin tada. Seachas an dara buidéal fíona a oscailt, agus a ghloine a líonadh. Las sé toitín eile. D'fhéach sé uirthi agus an ghal á ligean amach os cionn an bhoird aige.

"Mmmm ..." ar sise agus í á bholú. "Is aoibhinn liom boladh toitíní, *Sweet Afton* go háirithe. Cuireann siad m'athair i gcuimhne dom."

Bhí ciúnas ann go ceann cúpla nóiméad. Bhí a hathair marbh le cúpla mí. Bhuail taom croí é nuair a bhí Aoife agus Eoin ar mhí na meala. Dheifrigh siad abhaile nuair a fuair siad an drochscéala ach bhí sé i gcóma faoin am sin. Chaith Aoife trí lá agus trí oíche ina suí in aice lena leaba. Ach níor dhúisigh sé. Ócáid mhór a bhí sa tsochraid. Tógálaí rathúil ba ea Liam Ó Dónaill. Bhí poist mhóra ag roinnt dá chairde, agus bhí siad ar fad ann don tsochraid. Bhí an tUachtarán ann go fiú. Fir mhóra i gcultacha dorcha a bhí ina suí sna chéad cheithre sraitheanna suíochán. Bhí daoine ag pógadh a chéile agus ag breith barróg ar a chéile. Bhí iontas ar Eoin. Níor thuig sé go dtí sin cén lucht aitheantais a bhí ag Aoife agus ag a hathair.

Agus bhí an-tábhacht leis an lucht aitheantais céanna nuair a d'oscail sí an siopa. *Cumhrán* a bhaist sí ar an siopa. Bhí go leor scáthán agus táblaí geala ann, bhí an siopa discréideach agus galánta. Agus bhí Aoife ag éirí níos galánta agus níos stíliúla in aghaidh an lae. Bhí oscailt an tsiopa chomh galánta le sochraid a hathar. Bhí an saol mór i láthair, na maithe agus na móruaisle, gach aon duine arbh fhiú trácht air, iad ag ól seaimpéin, ag ithe *canapés*, agus ag pógadh Aoife, agus iad uile griandaite, ar ndóigh. Bhí gach aon rud ar fheabhas. Sheas Eoin taobh thiar, in aice leis an scipéad, gloine seaimpéin ina lámh aige, agus é ag stánadh. Bhuail mothúcháin éagsúla é. Bhí sé bródúil as a raibh bainte amach ag a bhean chéile óg nua in achar an-ghearr. Ach bhí imní air freisin mar go bhfaca sé gné dá pearsantacht nach raibh tugtha faoi deara aige roimhe.

"Ní thuigim tusa ina aon chor, a Eoin," ar sise níos déanaí an oíche chéanna. Bhí sé ag breathnú na gceannlínte déanacha nuachta ar an teilifís. Bhí *Sweet Afton* ag dó ar an luaithreadán in aice leis. Bhí muga cócó bainniúil aige ina lámha. "D'fhéadfá a bheith ag obair liomsa. Déanfaidh mé carn airgid leis an siopa sin. Tá cúrsaí ag feabhsú, agus éireoidh go geal linne freisin. Cén fáth a mbeifeá ag sclábhaíocht leat sa státseirbhís in áit gnó de do chuid féin a chur ar bun mar a rinne mise?"

Ach bhí Eoin meáite ar rud amháin. Ní raibh sé chun éirí as a phost. Ba chuma cén rún daingean a bhí ag Aoife, agus ba chuma cén saibhreas a dhéanfadh sí. Choinneodh sé a phost féin. Ní raibh sé chun iompú ina mhaidrín lathaí ag Aoife ar ór na cruinne, mar ba léir dó gurb é sin a bhí uaithi. D'fheil an Roinn Sláinte agus Leasa Sóisialta dó féin go huile is go hiomlán. Thosaigh sé ag obair ann an lá i ndiaidh dó an scoil a fhágáil. Bhí aithne aige ar gach duine ann, agus aithne acu siúd air. Bhí patrún áirithe ag baint lena lá oibre, rud a thaitin leis. Thaitin a dheasc leis. Thaitin sé leis an abhainn a fheiceáil óna oifig ar urlár a cúig. Thaitin an planda glas ar leac na fuinneoige leis. Agus bhí sé breá sásta leis an oifig mhór oscailte, fiú má bhí na ríomhairí ag crónán leo an lá ar fad, na scáileáin ag teacht is ag imeacht, na boscaí bruscair ag cur thar maoil agus na fótachóipeálaithe ag déanamh tormáin an t-am ar fad. Agus anuas ar gach rud, thaitin a chuid cairde oibre leis. Nó ba é sin an t-ainm a thugadh seisean orthu. Ach bhí Aoife an-daingean ar an bpointe sin; bhí sé ag obair leis na daoine seo, ach níor chairde iad.

"Tá siad ar aon chéim leat, sin an méid," ar sise. "Féach, a Eoin, tá sé fíorthábhachtach a bheith proifisiúnta maidir le do shaol oibre. Agus tú pósta ar bhean a bhfuil gnólacht dá cuid féin aici. Cuimhnigh ar an méid sin."

Amhail is nach gcuimhneodh Eoin air. Ach ba chuma cairde oibre nó daoine ar aon chéim leis iad, bhí an-chion ag Eoin orthu ar aon nós. Maith go leor, chaithfeadh sé a admháil gur gnáthdhream iad. Ní raibh aon sároibrí ina measc. Ní raibh Tíogar óg ina measc. Ach bhí an-chraic ag baint leo. Bhí siad cairdiúil daonna. Is ea, cairde a bhí iontu.

Shín sé siar sa chathaoir agus leag sé cos amháin ar imeall briste na deisce. Chuir sé a lámh ina phóca ag iarraidh breith ar an mbosca toitíní. Ansin chonaic sé an fógra mór dearg "NÁ CAITEAR TOBAC". Bhí na comharthaí feicthe aige ar fud na háite le roinnt seachtainí. Bhí an riail nua, a chuir cosc ar an gcaitheamh tobac, tar éis teacht i bhfeidhm. Ach ar ndóigh, bhí an méid sin ligthe i ndearmad aige. Luadh í ag an gcruinniú foirne Dé hAoine. Ón Luan amach ní raibh cead tobac a chaitheamh san fhoirgneamh seachas sna háiteanna ainmnithe. Bhí caitheamh tobac ar liosta na gcoireanna tromchúiseacha sa Státseirbhís feasta, é ar aon dul le glaonna cianaistir a dhéanamh, caimiléireacht a dhéanamh nó staiseanóireacht a ghoid. Bhí cosc air.

Lig Eoin osna. Rinne sé a thuilleadh útamála lena lastóir toitíní. Ansin sheas sé agus bhrúigh sé a chathaoir ar ais isteach sa deasc. Bheadh air rud a dhéanamh, a dúirt sé nach ndéanfadh sé go brách. Bheadh air dul síos i measc an ghrúpa sin sa seomra ainmnithe, seomra an tobac, a bhí síos an pasáiste in aice leis an ardaitheoir.

Rinne sé magadh nuair a luadh an seomra tobac ar dtús. "Ná bac mise." an port a bhí aige ar dtús. "Níl sé i gceist agamsa a bheith ag crochadh thart leis an ngrúpa sin. Níl faic le déanamh acu seachas a bheith ag cabaireacht."

Ach ní raibh sé cinnte níos mó. Bhreathnaigh sé a uaireadóir. Bhí sé 11.30 ar maidin. Am caife, ach ní raibh an t-am aige bualadh amach i gcomhair caife. Gheobhadh sé cupa sa cheaintín. Ach chaithfeadh sé é a thabhairt amach sa charrchlós má bhí sé lena thoitín a chaitheamh. D'fhéach sé amach an fhuinneog. Bhí sé ag stealladh. Agus gaoth nimhneach ag séideadh isteach ón abhainn. Bhí an dúil sa nicitín ag dul in olcas. Bheadh tinneas cinn air roimh i bhfad, agus fonn air duine éigin a mharú, b'fhéidir. Phioc sé suas an paicéad toitíní agus sháigh isteach ina phóca é. Dhírigh sé a ghuaillí. Ní raibh an dara rogha aige. An seomra tobac nó tada.

Caibidil a Dó

Ní raibh sé i gceist ag Eoin titim i ngrá le hAisling Ní Loinsigh an mhaidin sin – ná maidin ar bith eile ach an oiread. Ní raibh sé i gceist aige titim i ngrá le haon duine. Bhí sé pósta cheana féin ar bhean álainn chliste a bhí i ngrá leis, agus a raibh dúil aici ann. Dúirt sé an méid sin leis féin arís is arís eile agus é ina shuí taobh le hAisling ar chathaoir chrua phlaisteach agus an luaithreadán ar a ghlúin. Murach an *Sweet Afton* a bhí ag crith idir a mhéara, ní bheadh an mothúchán sin le brath in aon chor.

Ach cén mothúchán a bhí ag cur isteach air? Ní raibh aon mhíniú aige air, ná ar an tslí ar tharla sé. Ní dhearna sé ach doras an tseomra tobac a oscailt, agus breathnú isteach tríd an gceo tiubh buí istigh. Dream neamhghnách a bhí ann, cinnte. Ba chosúil gur ghearr an caitheamh tobac trí ghráid uile na Státseirbhíse. Bhí na gráid arda ansin inniu, in éineacht le cuid de na hoibrithe ab ísle.

Bhrúigh sé é féin isteach i gcúinne agus shleamhnaigh sé isteach i gcathaoir. Lig sé osna faoisimh agus las sé toitín. Scaoil sé an deatach isteach ina scamhóga agus amach arís. Dhún sé na súile ar feadh soicind. Bhraith sé miongháire ag leathadh ar a éadan den chéad uair an lá áirithe sin.

"Gabh mo leithscéal," agus bhí glór bog ag cur isteach air. "An mbeadh iasacht lasáin agat? Is cosúil gur dhearmad mé mo chuid féin inniu."

"Cinnte." D'oscail sé a shúile agus chas sé i dtreo an chainteora.

Agus go tobann bhraith sé go raibh an saol tar éis casadh 360 céim a thabhairt. Thug sé faoina mhíniú, an toitín, b'fhéidir. An rith tobann nicitín isteach sa chóras fola – caithfidh gurb é sin a chuir mearbhall air.

"An bhfuil tú i gceart?" Bhí an glór bog éirithe beagán imníoch.

Chas Eoin ina treo. "Tá, cinnte. Tá mé go breá. Níl ann – ach nach raibh bricfeasta ar bith agam ar maidin. Bhí deifir uafásach orm, mar is gnách."

"Ó," arsa an glór bog arís. "An rud bocht. Seo, bíodh greim agat."

Agus shín sí leath de bhorróg ina threo. Ghlac sé uaithi é gan smaoineamh agus bhain plaic as a lár bog, sula bhféadfadh sé é féin a stopadh.

"In ainm Dé, cad atá ar bun agat?" ar seisean leis féin. "Ní maith leat borróga, go fiú. Níor thaitin borróga leat riamh. Agus cén chaoi ar féidir leat toitín a ionramháil i lámh amháin agus borróg sa lámh eile? A Eoin, a chroí, tá rud éigin mícheart ag titim amach anseo."

Ach cad a bhí ann faoin mbean in aice leis a chuir an oiread sin mearbhaill ar Eoin? Ní raibh sé in ann é a oibriú amach. Bhí sí dathúil, cinnte, ach ní raibh ann ach sin. Bhí sí ar meánairde, gruaig bhuídhonn uirthi, ceangailte i mbobailín siar óna muineál. Bhí súile gorma aici, ar nós spéir ghorm an tsamhraidh. Dath bándearg a bhí ar a leicne, mar a bheadh ar íochtar muisiriúin. Nuair a rinne sí miongháire, rud a rinne sí go minic an lá sin, bhí dhá loigín dhoimhne a ghearr ding ar dhá thaobh dá béil. Agus nuair a chlaon sí ina threo, rud a rinne sí agus an bhorróg á tairiscint aici, agus ar ball nuair a shín sí an naipcín páipéir chuige leis an mbruscar a ghlanadh, ba léir dó go raibh déanamh álainn uirthi. Déanamh chomh hálainn gurbh éigean dó slogadh agus tréaniarracht a dhéanamh a ghlór a choinneáil faoi smacht sula raibh sé in ann labhairt léi arís.

Agus é ag breathnú siar ar an gcéad mhaidin sin i seomra an tobac níor chuimhin leis mórán, seachas an bhorróg, an naipcín páipéir agus an mionghháire. D'éirigh leis a bhealach a dhéanamh ar ais go dtí a dheasc ar shlí éigin, agus greim daingean aige ar an naipcín idir a mhéara. Shín sé amach é lena chaitheamh sa bhosca bruscair. Ach ní raibh a lámh sásta scaoileadh leis. Agus leag sé é go cúramach ar bharr a thrae isteach. Bhain sé na roic as, agus chuir go cúramach é sa tarraiceán íochtair.

Sa bhaile dó an oíche sin níor chuir sé mórán spéise ina dhinnéar, chas sé an pasta ó thaobh taobh a phláta. Bhreathnaigh Aoife é go géar. Labhair sí leis i nglór teasaí amhrasach.

"Tá tú an-chiúin ar fad," ar sise. "Nach maith leat an dinnéar? Ceann de na béilí speisialta sin ó Marks & Spencer. Pasta úr, mura miste leat."

"Tá sé an-bhlasta," ar seisean, ag iarraidh forc a bhí lán den phasta a bhrú isteach ina bhéal. Chogain sé go cúramach.

"An bhfuil cúrsaí na hoibre ceart go leor? Nach smaoineofá ar éirí as ar fad agus teacht ag obair mar chúntóir agamsa. Dhéanfá sár-jab."

Chroith sé a chloigeann, a bhéal lán, agus shlog sé.

"Tá sé sin pléite agus pléite arís againn, a Aoife. Tá mé sásta san áit a bhfuil mé. Fágaimis é sin mar scéal."

"Maith go leor, maith go leor." Bhí a glór ag éirí teasaí. "Níl mé ach ag iarraidh cabhrú leat. Ní gá labhairt chomh borb sin liom." D'éirigh sí agus thosaigh sí ag déanamh carn de na gréithe. Ansin thóg sí a phláta uaidh agus scríob an pasta isteach sa channa bruscair. Líon sé amach gloine eile fíona dó féin agus bhain sé an paicéad toitíní as a phóca.

Shuigh Aoife síos ag an mbord arís agus shín sí amach a gloine i gcomhair athlíonadh. "Cuimhnigh, a Eoin, "dá mbeifeása ag plé le bean ar bith eile bheadh a fhios agamsa ar an toirt. Ba é an boladh a sceithfeadh ort. Cinnte, bheadh a fhios agam. Ní fhéadfá an dallamullóg a chur orm." Stán sí sna súile air. Stán seisean ar ais. Bhreathnaigh sé ar an mbuidéal ansin fad a bhí a gloine á líonadh aige. "An boladh a scaoilfeadh an rún. Tá a fhios agat chomh géar agus atá mo shrón. D'aithneoinn cumhrán eile céad méadar uaim. Má bhíonn aon bhaint agatsa riamh le bean eile, bí cinnte go bhfaighidh mise a boladh ort ar an toirt." D'ardaigh sí a gloine lena beola. Ansin leag sí an t-imeall go cúramach ar imeall a ghloine siúd. "Cuimhnigh ar an a bhfuil ráite agam, a Eoin, cuimhnigh air."

Caibidil a Trí

Plé aige féin le bean eile! Cinnte, ní raibh plean ar bith dá leithéid aige. An smaoineamh ab fhaide uaidh. Níor chodail sé go maith an oíche sin áfach. Luigh sé in aice le hAoife sa leaba mór, é ag cor agus ag casadh ar feadh i bhfad. Bhí sé ag éirí geal taobh amuigh faoin am ar dhún sé na súile ar deireadh thiar. Bhí sé ag brionglóideach faoi Aisling. Íomhánna di a bhí an-soiléir go deo. Nuair a bhuail an t-aláram, agus nuair a chas sé ar a thaobh, is beag nach lena héadan bog siúd a bhí sé ag súil seachas le héadan Aoife.

Múscailt thobann: an é sin a thabharfá air? Rith an smaoineamh leis nuair a bhí cith fuar á ghlacadh aige. An saol réadúil, is dócha, an smaoineamh a rith leis agus é á bhearradh féin. Bhreathnaigh sé sa scáthán ar a éadan mílítheach agus a shúile dearga. Caith uait iad mar smaointe, ba é sin a dúirt sé leis féin agus an carr á pháirceáil aige sa ghnátháit. Ach nuair a chas sé chun siúl i dtreo na hoifige, cé a chonaic sé roimhe ach Aisling. Aisling ab ainm di, agus Aisling a bhí inti, siúráilte. Rith na focail trína intinn nuair a chonaic sé í agus í ag siúl trasna an charrchlóis. Agus thug a bholg casadh eile, agus thosaigh mearbhall ag teacht air arís.

Bhí sé ar bís go dtiocfadh an briseadh caife leathbhealach tríd an maidin, chun go bhféadfadh sé dul chuig an seomra tobac arís. Bhí sé plódaithe ar maidin arís. Agus bhí ceo ann arís. Agus chonaic sé ise arís agus í brúite isteach sa chúinne. Ba é Eoin a thairg an bhorróg ar maidin; d'éirigh leis bualadh isteach in Spar ar a bhealach chun na hoibre. Bhí subh ag úscadh as ceann díobh agus í á thairiscint aige di. Ach ní haon chuma shona a bhí ar Aisling inniu. Ní raibh sí ag gáire. Ach bhí a súile trom ata.

Thóg sí an bhorróg uaidh gan focal a rá agus bhain plaic bheag aisti. Lig sí osna trom ansin agus lig sí don bhorróg titim ar a glúna. Ligh sí an subh go cúramach dá méara ar nós cat á lí féin.

"Go raibh maith agat," ar sise. Bhí a glór chomh ciúin sin go raibh air dó claonadh ina treo le hí a chloisteáil.

"Fáilte romhat," ar seisean. "Ach níl ocras ort ar maidin, is cosúil. Nó b'fhéidir nach bhfuil na borróga seo chomh maith leis na cinn a fhaigheann tusa laethanta eile."

Bhreathnaigh sí in airde air agus chroith sí a ceann go mall. Chuir sí páiste beag faiteach i gcuimhne dó – leanbh scoile ar a céad lá ar scoil, b'fhéidir.

"Ní hea. Tá siad go deas. Níl ann ach –" Chuir sí a lámh i bpóca a seaicéid agus bhain amach a paicéad toitíní.

"Seo." Las sé lasán agus chrom sí a ceann i dtreo na lasrach. D'análaigh sí go trom. Bhog sé níos gaire di.

"Abair liom, an bhfuil tú i dtrioblóid éigin?"

Chroith sí a ceann. Ansin líon a súile le deora. Stán sé uirthi agus iontas an domhain air, agus na deora glioscarnacha ag rith síos thar a cuid fabhraí íochtair agus anuas ar a leicne geala.

"Níl, ní mise atá i dtrioblóid." Bhí a glór caointeach. "Is í mo mháthair atá i gceist. Tá sí ag fáil bháis. Dúirt an dochtúir léi go bhfuil ailse ae uirthi. Tá sí go dona. Ní raibh sí ar fónamh le tamall ach ní dheachaigh sí chuig an dochtúir. Bhíodh sí á rá i gcónaí gurbh í an tseanaois a bhí ag cur isteach uirthi, go raibh sí ag dul in aois. Go raibh mise ag dul thar fóir. Ach thug mé cuairt uirthi i ndiaidh na hoibre inné agus bhí sí tite i laige.

Stop sí ar feadh nóiméid. Chonaic Eoin mar a bhí a béal ar crith, agus na hiarrachtaí a bhí á ndéanamh aici é a choinneáil faoi smacht.

"Shhh," ar seisean. Chuir sé a lámh amach agus leag sé a lámh ar a lámh siúd. Bhí fuarallas ar a lámh siúd. "Ná bí buartha. Beidh gach rud i gceart."

"Ní bheidh." Tharraing sí ar a toitín arís. Chonaic sé an deatach bhuí ag eitilt os a cionn. "Ghlaoigh an dochtúir orm ar maidin sular tháinig mé ag obair. Deir sé go bhfuil sí an-dona. Nach bhfuil ach cúpla mí fágtha aici. Sin é uile."

Bhí na deora ag teacht anuas ar a leicne faoin am sin agus ag titim ar a lámha. Bhain Eoin naipcín páipéir as a phóca agus thosaigh sé ar a cuid deor a thriomú.

"Seo, seo," ar seisean. "Ná bí buartha. Nach bhfuil mise anseo?"

Rinne Aisling meangadh buíoch leis. Ach bhí a fhios aici go maith go raibh níos mó ná sin i gceist. Bhí a fhios aici go raibh Eoin pósta. Bhí fáinne óir ar a mhéar. Agus bhí cuma bheathaithe air. D'aithneofá air gur nós leis dinnéar cócaráilte a fháil gach tráthnóna. Agus bhí cloiste aici faoina bhean ó na cailíní eile sa Roinn.

"An raibh tú sa siopa sin riamh?"

"Cinnte, ní raibh. Theastódh cárta óir American Express uait le siúl isteach an doras fiú."

"Ach tá an stuif féin go hálainn. Agus na buidéil gleoite. Agus an bhfaca tú an tslí a ndéanann siad suas na bronntanais Nollag. Déanann siad sár-jab. Bíonn siad ar fheabhas."

An chéad uair eile a luadh an t-ábhar cainte áirithe sin bhí cúpla ceist dá cuid féin ag Aisling.

"Cén sórt mná í, ar aon nós?"

Bhí ciúnas ann go ceann cúpla soicind. Agus tháinig na freagraí go léir le chéile ansin.

"Pian sa tóin."

"Snab uafásach."

"Bhíodh sí ag obair i siopa Brown Thomas, in éineacht le mo chol ceathrair. Bhí an dearg-ghráin ag na cailíní eile uirthi. *Boss* ceart a bhí inti, agus chaithfeadh gach uile shórt a bheith díreach ceart."

"Agus cé chomh fada is atá sí pósta ar Eoin Ó Dálaigh?"

"Leis na blianta."

"Agus an bhfuil clann orthu?"

"Clann? An as do mheabhair atá tú? Ní theastódh páistí ón gceann sin ar fhaitíos go bhfágfaidís marc ar an troscán."

"Nó b'fhéidir go gcaillfeadh sí an figiúr sin atá aici. Tá sí chomh tanaí le super-model. Níl ar a hintinn ach an chuma atá uirthi."

"Ach tá an chuma air siúd gur duine sách deas é."

"Eoin? Duine álainn! Fear breá. An-chraic ann oíche Aoine sa teach tábhairne. Níl a fhios agam cad a chonaic sé inti siúd. Is deacair iad a shamhlú le chéile."

Ach ba lánúin iad. Ní raibh aon amhras faoin méid sin. Anois ó bhí Aisling tar éis bualadh le hEoin ba chosúil go gcaithfidís bualadh le chéile gach áit. Bhí a gcuid saolta ag trasnú a chéile ar iliomad slite. Níor thuig sí go dtí sin go dtéidís chuig an ollmhargadh céanna. San ionad siopadóireachta céanna. Sa pháirc chéanna a théidís ag siúl go fiú. Bhíodh a bhean in éineacht léi de ghnáth. Bhí sí siúd ag teacht lena tuairisc. Bhí sí beag gleoite, an-*petite*, coim bhídeach uirthi agus cuma álainn uirthi leis an smideadh a chaitheadh sí. Agus ar ndóigh, bhí a cuid éadaí fíorálainn. Níor thug Aisling mórán airde ar a cuid éadaí féin roimhe sin, fad a bhí siad glan teolaí. Ach anois, thosaigh sí ag breathnú ar a cuid buataisí den chéad uair agus rith sé léi go raibh cuma shean orthu. D'aithin sí go raibh sé tamall maith ó chuir sí snasán ar bith orthu.

Ach bhí rudaí ar a hintinn anois seachas an chuma a bhí uirthi. Bhí a máthair ag dul in olcas. Théadh Aisling go dtí an t-ospidéal gach tráthnóna i ndiaidh na hoibre, agus ba chosúil go raibh a máthair ag éirí níos laige ó lá go lá, agus gur lú aird a bhí sí ag tabhairt ar a raibh timpeall uirthi.

"An moirfín is cúis leis," arsa an dochtúir. "Bhí orainn cur leis an méid atáimid a thabhairt di. Cuireann sé cuma chodlatach uirthi formhór an ama."

"Níl sí i bpian, an bhfuil?" arsa Aisling agus imní uirthi.

"Níl. Níl sí i bpian. Is nós linn san ospidéal seo féachaint chuige nach bhfulaingíonn na hothair mórán."

Ach níorbh é sin iomlán na fírinne. Ba léir d'Aisling go raibh a máthair i bpian – níor ghá di ach breathnú ar a héadan. Bhí an phian agus an fhulaingt le léiriú go soiléir ar éadan líneach a máthar.

"Tá brón orm, a stór," ar sise os íseal le hAisling. "Tá mé tar éis tusa a ligean síos. Ba cheart dom dul chuig an dochtúir nuair a bhí tusa á mholadh dom. Bhí sé seafóideach. Tá a fhios agam anois. Tá an-aiféala orm, a Aisling, nach mbeidh mé anseo nuair a bheidh tusa pósta agus clann ort. Ní fheicfidh mé iad go brách. Ní bheidh mé ann duit nuair a bheidh mé de dhíth ort."

Chaoin siad beirt an oíche sin, an mháthair agus a hiníon. Ach nuair a bhí Aisling ag imeacht amach as an ospidéal an oíche sin, cé a bhí ag fanacht uirthi ach Eoin!

Caibidil a Ceathair

D'admhaigh siad beirt agus iad ag breathnú siar air, gurb í sin an oíche a thosaigh an caidreamh eatarthu i ndáiríre. Bhí sórt ceana ag Eoin ar an gcéad ócáid sin sa seomra tobac. Dar leis go raibh sé in ann blas na borróige a fháil i gcónaí. Agus ba chuimhin leis an geansaí a bhí á chaitheamh ag Aisling an lá sin, geansaí lámhdhéanta i ndathanna geala. Dúirt sise freisin gur thaitin seisean léi an mhaidin sin nuair a casadh ar a chéile iad. Agus gur thaitin sé níos mó fós léi an mhaidin a thosaigh sí ag gol. Ach nuair a shiúil sé chuici agus ise ag teacht amach trí dhoirse an ospidéil, agus é ag meangadh agus ag coinneáil an dorais ar oscailt di, amhail is gurbh é sin an rud ba nádúrtha ar domhan, ba é sin an uair, dar léi.

"Cén chaoi a raibh a fhios agat go mbeinn anseo?" an cheist a chuir sí air agus iad ina suí ina charr i gcarrchlós an ospidéil. Shín sé a lámh trasna agus cheangail sé a crios sábhála uirthi, agus shocraigh sé an crios go cúramach ina áit os cionn a boilg.

"Bhí tuairim agam go mbeifeá ann," ar seisean. "Bhraith mé go mbeifeá ag iarraidh an oiread ama agus a d'fhéadfá a chaitheamh le do mháthair. Agus shíl mé fanacht timpeall tamaillín go dtiocfá amach."

"Bhuel," ar sise á socrú féin isteach ina suíochán, "bhuel, is maith liom gur fhan tú."

Thosaigh sé an carr agus thiomáin go mall amach ar an mbóthar mór.

"Chuig d'áitse?" Bhreathnaigh sé go claonsúileach uirthi agus thug sé faoi deara cé chomh gleoite agus a bhreathnaigh sí faoi shoilse na sráideanna.

"Maith go leor. An chéad chasadh ar chlé, ansin an dara casadh – "

"Ar dheis, ar aghaidh thar an t-ionad siopadóireachta, agus ar chlé arís," ar seisean ag críochnú na habairte di.

"Ambaiste!"

"Sea, bhuel, bhí mé ag iarraidh fáil amach fút, a Aisling, agus ar ndóigh tá a fhios agam anois cá háit a bhfuil cónaí ort."

Rinne sí miongháire bheag sa dorchadas. Níor dhúirt sí tada eile go dtí gur stop siad lasmuigh dá teach.

"Bhuel, a Eoin, ó tharla an oiread sin ar eolas agat fúm, is dócha go bhfuil a fhios agat freisin, nach dtéim a luí láithreach bonn tar éis dom teacht abhaile ón ospidéal, ach gur nós liom suí os comhair na tine agus gloine fíona a ól agus toitín a chaitheamh. Cad a déarfá féin le gloine fíona agus toitín?"

Bhí sé an-déanach faoin am ar fhág sé Aisling agus rinne a bhealach abhaile. Chuaigh sé isteach sa teach go ciúin, agus bhain sé de a chuid bróg sa halla sula ndeachaigh sé in airde staighre ar a bharraicíní. Bhí Aoife ina codladh go sámh. Bhain sé a chuid éadaí de go tapa agus shleamhnaigh isteach sa leaba in aice léi. Agus chuimhnigh sé ar a rabhadh. Cén boladh a bheadh air tar éis an tseisiúin i dteach Aisling? D'éirigh sé ábhairín neirbhíseach. Ach chuir sé gothaí air féin. Bhí an tástáil bolaidh déanta aige. Níor nós le hAisling cumhrán a chaitheamh. Agus ní raibh boladh ar bith ar an ngallúnach a bhí aici sa seomra folctha. Ní raibh úiritheoirí aeir sa teach. Bheadh an boladh céanna air féin agus a bheadh uirthise – boladh toitíní, agus na bolaithe uile a bhí ag gabháil leo: tobac, tarra, nicitín, páipéar agus boladh géar na lasán. Rinne sé miongháire bheag agus é ag casadh ar a thaobh agus na súile á ndúnadh aige. Chlisfeadh srón chliste Aoife uirthi an uair seo. Bhí sé cinnte den mhéid sin.

Ach bhí drochaoibh ar Aoife an mhaidin dár gcionn. Thug sí faoi ag an mbord bricfeasta. "Cén uair a tháinig tusa abhaile aréir? Caithfidh go raibh tú an-déanach. Nach bhfuil ráite agam leat go minic gan do chuid éadaí a chaitheamh ar fud urlár an tseomra chodlata? Tá an áit trí chéile agat, a Eoin. Ina praiseach ceart."

Cad a d'fhéadfadh sé a dhéanamh ach aontú léi. Bhí aiféala air faoi, a dúirt sé léi, agus ba mhór aige é mura ndéanfadh sí an bhéicil sin ar fad. Bhí a cheann ag scoilteadh. Chuaigh sé amach ag féachaint ar chluiche peile ar an teilifís leis na leaids, agus chuaigh siad uile chuig club sa chathair ina dhiaidh. Níorbh eisean a smaoinigh air. Bhí sé féin ag iarraidh teacht abhaile. Ach tá a fhios agat an chaoi a mbíonn sé nuair a thosaíonn rud mar sin…

"Níl a fhios in aon chor," ar sise agus d'fhéach sí idir an dá shúil air.

"Áá, tá a fhios agat, a chroí. Nach cuimhin leat nuair a bhí tú féin ag obair i mBrown Thomas, agus gur nós leat dul amach leis na cailíní eile oíche Dé hAoine? Nár mhinic fear an bhainne tagtha chomh luath leat féin?"

"Ní dóigh liom é, a Eoin, ní raibh mé riamh chomh déanach le fear an bhainne."

"Áá, tá a fhios agat cad atá i gceist agam, a chroí. Ní dhéanann corroíche dhéanach an oiread sin dochair, muise." Rinne sé meangadh croíúil, ach ní dhearna sise meangadh ar bith. Ní dhearna sí ach a bricfeasta a fhágáil ina diaidh, agus an doras a phlabadh taobh thiar di. Lean sé í amach as an teach. Ach bhí sí istigh sa Mini nua cheana agus í á cúlú amach ar an mbóthar. Sheas sé ar an gcosán agus d'fhéach sé uirthi ag dul as radharc timpeall an chúinne. Bhain sé an fón amach as a phóca ansin agus bhrúigh uimhir Aisling isteach ann. Anois agus cuairt tugtha aige ar theach Aisling, bhí sé níos fusa aige í a shamhlú ann.

"Cad atá tú a dhéanamh?" ar seisean léi nuair a d'fhreagair sí a ghlao.

"Tá mé sa chistin. Ag tabhairt bia don chat." Bhí sé in ann crónán an chait a chloisteáil go soiléir. "Fan soicind, a Eoin"

An oíche roimhe sin rinne an seanchat baineann sin a bealach isteach sa leaba in éineacht leo. Bhí Eoin in ann a crónán a chloisteáil agus é ina luí agus a lámha fáiscthe timpeall ar Aisling agus a ceann siúd ar a ucht. Ní ligfeadh Aoife cat isteach sa seomra codlata ar ór an tsaoil. Bhí siad salach, dar léi, agus an boladh bréan a bhí uathu! Chuirfeadh an smaoineamh go fiú roic ina sróinín. Boladh tósta te a bhí ar chat Aisling, thug sé faoi deara, mar aon le boladh chré an ghairdín. Agus Eoin ar tí imeacht, roimh mhaidin, d'oscail an cat leathshúil agus d'fhéach air agus é á ghléasadh féin. Rollaigh sí ansin agus thug deis dó a bolg bánuachtair a scríobadh.

"Sin uile déanta, anois." Bhí sceitimíní ar ghlór Aisling. "Cén chaoi a bhfuil tusa ar maidin? Ar chodail tú go maith aréir?"

"Muise, níor chodail. Ní raibh smaoineamh eile i m'intinn ach tú féin, a chroí." Stop sé. D'aithin sé cén coir mhór a bhí déanta aige, agus bhuail aiféala é. Tháinig brón air.

"An bhfuil tú i gceart, a Eoin?" Bhí imní le sonrú ar ghlór Aisling.

"Tá, siúráilte. Féach, feicfidh mé thú ar ball sa seomra tobac ag am caife. Coinnigh suíochán dom."

Níor chuir sé mórán lena aistear dul chuig siopa Aoife istigh sa chathair. Fuair sé spás páirceála timpeall an chúinne uaidh. D'fhág sé an carr agus shiúil i dtreo na fuinneoige ollmhór a bhí sa siopa. Cheana féin fiú bhí an chuid seo den chathair plódaithe gnóthach. Bhí a lán tráchta ar an tsráid chúng. Go tobann chonaic sé soilse gorma otharchairr ag teacht is ag imeacht píosa roimhe. Bhí an bonnán á shéideadh ag an otharcharr ag fógairt ar dhaoine cosán a ghlanadh. Bhain an gleo tobann geit as agus chuir an ghruaig ina seasamh ar chúl a mhuiníl. Bhí slua beag daoine bailithe le chéile. Stop sé agus d'fhéach sé orthu. Thuirling na paraimhíochaineoirí den otharcharr agus rinne siad bealach trí na daoine.

D'fhéach Eoin ar a uaireadóir. Bheadh sé déanach mura ndéanfadh sé deifir. Ní fhéadfadh sé é a insint d'Aoife anois. Gheobhadh sé deis ar ball. Ach nuair a shíl sé bogadh, níor fhéad sé. Bhí an slua beag ag dul i méid, agus é féin gafa ann. Agus ní raibh aon bhealach siar ach an oiread. Thosaigh sé ag brú roimhe. Shín sé amach a mhuineál chun radharc níos fearr a fháil. Bean a bhí ina luí ar an gcosán. Bean bheag thanaí. Bhí fuil ar a cuid éadaí.

"Ó, a Thiarna," ar seisean os ard. "A Aoife, cad a tharla? A Aoife? A Aoife!"

Caibidil a Cúig

D'fhan Eoin ina shuí in aice le leaba Aoife san ospidéal agus greim láimhe aige uirthi. Bhí a héadan chomh bán sin. Chuir sé iontas agus alltacht air. Dúirt an dochtúir leis go raibh go leor fola caillte aici. Toircheas eactópach a bhí uirthi. Mhínigh an dochtúir an scéal go simplí. I bhfeadán Aoife seachas ina broinn a bhí an féatas inphlandaithe. Nuair a d'éirigh sé rómhór, is amhlaidh a phléasc an feadán, agus bhí sí in an-phian, agus chaill sí go leor fola.

"Tá an t-ádh oraibh gur tháinig sí tríd," arsa an dochtúir leis go borb. "Ní bheimis in ann í a shábháil murach a ghasta is a bhí an t-otharcharr."

Dhún Eoin a shúile, mar bhraith sé laige éigin ag rith ar fud a choirp uile. Ach bhí a ghlór stuama nuair a labhair sé.

"Cé chomh fada is a bhí sí ag iompar?" ar seisean. "Ní raibh a fhios agam, an dtuigeann tú. Níor inis sí tada dom faoi."

Bhreathnaigh an dochtúir an chairt ina lámh.

"Timpeall dhá sheachtain déag nó mar sin, déarfainn."

Thosaigh Eoin ag smaoineamh siar. Dhá sheachtain déag nó mar sin. Ba é sin sular casadh Aisling air, roimh an seomra tobac.

"Agus cén chaoi a mbeidh sí amach anseo? An mbeidh sí in ann éirí torrach arís?"

Rinne an dochtúir meangadh séimh. "Bhuel, b'fhearr di féin é a fhágáil go fóill. Beidh scíth éigin ag teastáil uaithi anois. B'fhearr di é a ghlacadh go réidh go ceann tamaill. Cúram agus cineáltas, sin é atá uaithi anois go ceann píosa. Ach nuair a bheidh sí ar fónamh arís, ar ais ar a seanléim, níl cúis ar bith nach mbeadh sí in ann éirí torrach arís agus an leanbh a iompar an téarma iomlán. Ach beidh gá le monatóireacht chúramach a dhéanamh uirthi. B'fhearr nach é a leithéid seo a tharlódh an athuair, nach dóigh leat?"

D'fhan Eoin ina shuí taobh lena leaba go ndúiseodh sí. Bhí sé ag iarraidh a oibriú amach an raibh aon chomharthaí sóirt uirthi a thabharfadh le fios go raibh sí ag iompar. Smaoinigh sé go raibh sé féin chomh tógtha sin le hAisling nach dtabharfadh sé faoi deara ar aon nós. Cé chomh santach agus a bhí sé! Nach ar Aoife a bhí sé pósta, tar éis an tsaoil. Nár gheall sé grá a thabhairt di fad a mhairfidís. Bhí sé lándáiríre faoi nuair a thug sé a gheallúint. Bhí sé lándáiríre faoi go dtí gur casadh Aisling air. Ní raibh sé mídhílis le hAoife riamh roimhe sin. Agus ní bheadh arís. Ní raibh cúrsaí go maith eatarthu le tamall, ach chaithfeadh sé iarracht níos fearr a dhéanamh feasta. B'fhéidir gur aici a bhí an ceart i ndeireadh thiar. B'fhéidir gur cheart dó éirí as a phost féin agus dul ag obair léi. Anois an t-am, b'fhéidir. Ní bheadh sí in ann aire a thabhairt don siopa agus cúrsaí mar a bhí. Chaithfeadh seisean é a dhéanamh. Chaithfeadh sé a háit a ghlacadh agus dul i gceannas. D'fhéadfadh sise fanacht sa bhaile agus sos a ghlacadh.

Ach nuair a d'oscail Aoife a cuid súl ar deireadh thiar agus nuair a d'iarr sí gloine uisce, ba léir gurbh í an Aoife cheannann chéanna í a thiomáin léi ar maidin ina Mini. Nuair a thairg sé dul i mbun an tsiopa go ceann píosa ní dhearna sí ach an smaoineamh a chaitheamh uaithi ar an bpointe.

"Tusa! Ar chaill tú do chiall, a Eoin? Níl tada ar eolas agat faoi chúrsaí cumhráin, ná faoi earraí a dhíol, nó rud ar bith dáiríre. Ní hea, níl uaim ach cúpla lá, agus beidh mé ar ais ar mo sheanléim agus beidh mé go breá arís. Dála an scéal, an bhfuil an fón póca ansin agat? Caithfidh mé glaoch orthu féachaint ar tháinig an lastas sin isteach ó Pháras. Na seachadóirí agus na tiománaithe sin, mura gcoinníonn tú ina ndiaidh ní dhéanfaidh siad faic."

Níorbh fhiú dó a bheith ag rá léi nach raibh fóin phóca ceadaithe in ospidéil. Ní ghlacfadh sí leis ar bhealach ar bith. Bhí a fhios aige tar éis tamaill áfach gur thuig sí go raibh sí tinn agus nach raibh sí in ann aire a thabhairt do gach rud. Luigh sí siar ar na piliúir, a haghaidh ar dhath an bhainne, agus dhún sí na súile. Rith deoir bheag síos a leiceann.

"A Aoife, cén fáth nár inis tú tada dom faoin leanbh?" Rug sé ar a lámh agus chuimil sé a cneas mín. "Ní raibh tuairim dá laghad agam."

"Ní raibh, is dócha. Fíor duit. Ach is beag a thugann tú faoi deara fúmsa na laethanta seo." Bhí sí ag stánadh go brónach ar an tsíleáil.

Bhí sé ina thost. Bhraith sé chomh ciontach nach raibh sé in ann focal a rá.

"Ó, tá aiféala orm. Ní hé sin baileach a bhí fúm a rá." Chas sí ina threo agus leag sí lámh ar a leiceann. "Ní ortsa atá an locht, a Eoin. Níor inis mise duit. Níor dúirt mé leat go raibh mé tinn, go raibh masmas orm, gur bhraith mé go hainnis. Agus níor dhúirt mé tada leat mar nach raibh mé cinnte ar mhian liom dul an bealach ar fad. Ní raibh a fhios agam an bhféadfainn aghaidh a thabhairt ar a bheith i mo mháthair. Agus," ar sise agus na deora ag sileadh arís, "agus bhí coinne déanta agam le clinic i Sasana. Bhí mé chun dul anonn agus fáil réidh leis. Agus anois –" Bhí sí ag caoineadh os ard faoin am seo, bhí a brollach ag ardú agus ag ísliú. Bhí a glór gafa ina scornach. "Braithim chomh ciontach sin anois. Braithim go dona, dáiríre. Braithim go bhfuil mé tar éis mo leanbh a mharú. Ormsa atá an locht ar fad."

Rinne sé iarracht í a chiúiniú agus í a dhéanamh socair, ach níor éirigh leis. Lean sí uirthi ag caoineadh, agus b'éigean dó glaoch ar an mbanaltra ar deireadh. Díbríodh as an seomra é. Tháinig an dochtúir agus mhol sé suanach eile.

"Tá codladh de dhíth uirthi anois," arsa an bhanaltra leis go séimh. "Ta sé chomh maith agatsa imeacht anois. D'fhéadfá teacht ar ais ar ball. Tharla drochrud di. Socróidh sí síos ach beagán ama a thabhairt di."

Di siúd agus domsa, an smaoineamh gruama a rith le hEoin agus an t-ospidéal á fhágáil aige. Stop sé ag an doras le toitín a lasadh. Bhí neart fear eile ina seasamh ar an gcéim tosaigh os a chomhair, agus iad uile ag caitheamh go neirbhíseach. Ábhar aithreacha, ar ndóigh, ag fanacht ar scéala gur tháinig an leanbh óg ar an saol slán. Cén chaoi a bhféadfadh sí smaoineamh ar a leithéid, an smaoineamh a bhí ag rith trína intinn agus é ag imeacht amach geata an ospidéil. Cén chaoi a bhféadfadh sí a leithéid a dhéanamh gan é a phlé liomsa? Nár mise an t-athair ar deireadh thiar? Nár liomsa an páiste sin freisin? Cén fath ar cheap sí go bhféadfadh sí cinneadh a dhéanamh gan é a phlé liom?

Ach nárbh é sin go díreach a bhí déanta aici! Rinne sé machnamh dian faoin scéal ar a bhealach ón ospidéal go dtí an oifig, agus é ag siúl na sráideanna plódaithe. Bhí cinneadh sách tromchúiseach déanta acu beirt le cúpla mí anuas. Agus gan tuairim ag ceachtar acu cad a bhí ar bun ag an duine eile. Ní cheapfá go brách go bhféadfadh beirt a bheith sa teach ceanna, béilí a ithe ag an mbord céanna, codladh sa leaba chéanna, agus a bheith in ann scéalta móra mar sin a cheilt ar a chéile.

Chaithfí deireadh a chur leis, an cinneadh a bhí déanta aige agus é ag dul isteach san ardaitheoir. D'inseodh sé an scéal d'Aisling a luaithe agus a b'fhéidir. Bhí an t-iompar sin aige seafóideach. Eisean agus Aoife a bhí pósta ar a chéile, ba é sin ba thábhachtaí go mór fada.

Ach ní raibh aon rian d'Aisling i seomra an tobac an mhaidin sin, ná ag am lóin, ná nuair a chuaigh sé ann i gcomhair bhriseadh an tráthnóna. Chonaic sé cuid de na cailíní óna rannóg agus chuir sé a tuairisc. Ní fhaca aon duine í ar chor ar bith an lá sin.

"A máthair, is dócha," arsa duine de na cailíní go cabhraitheach. "Tá sí go dona, tá a fhios agat. Gach seans gur thuas ag an ospidéal in éineacht léi atá Aisling. Dúirt an maoirseoir go raibh cead aici dul suas ann aon uair is gá."

Máthair Aisling. Ar ndóigh. Leis an scéal nua seo ar fad bhí dearmad iomlán déanta aige di. Bheadh i bhfad níos mó ar a hintinn ag Aisling seachas a bheith ag smaoineamh ar an suirí beag a bhí déanta aici leis féin.

D'fhanfadh sé cúpla lá sula n-inseodh sé di. Ní raibh sé ag iarraidh cur le hualach a bróin ag an bpointe seo. Ach nuair a bhí sé ar a bhealach isteach san ospidéal an tráthnóna sin agus rósanna dearga ina lámh aige d'Aoife, cé a chonaic sé roimhe ina seasamh lasmuigh de dhoras an ospidéil ach Aisling. Bhí toitín idir a méara aici. Agus bhí sí ina seasamh ar an spota céanna inar sheas sé féin ar maidin.

"A Eoin," ar sise, agus rinne sí meangadh beag. "A Eoin, is mór an faoiseamh é tú a fheiceáil. Ní raibh a fhios agam cad a shílfeá nuair nach raibh mé istigh ag obair inniu. Faitíos orm go gceapfá gur athraigh mé m'intinn faoin, bhuel, tá a fhios agat, faoinar tharla eadrainn ..."

"Níor cheap, go deimhin níor cheap mé a leithéid in aon chor," thosaigh sé go mall.

"Mar níor athraigh. Níl ann ach go bhfuil mo mháthair éirithe i bhfad níos measa. Síleann siad nach fada eile a mhairfidh sí, cúpla uair an chloig, tráthnóna inniu, b'fhéidir. Chuir mé téacs chugat níos luaithe. An bhfuair tú é? Dúirt mé gur anseo a bheinn an t-am ar fad. Ach ní raibh mé ag iarraidh tusa a tharraingt aníos anseo. Tá an áit chomh gruama."

Leag sí a lámh ar a bhrollach ar feadh soicind, agus dhírigh sí a charbhat.

"Agus é sin ráite, a Eoin, is aoibhinn liom tú a fheiceáil. Go raibh míle maith agat, a Eoin, go raibh míle míle maith agat as teacht." Agus bhí a súile lán deora, agus ag rith síos a leicne go fiú.

"Seo agat," agus bhrúigh sé na bláthanna ina treo. "Seo, a Aisling, níl a fhios agam cén sórt bláthanna a thaitníonn le do mháthair, ach b'fhéidir go dtabharfadh na bláthanna seo sólás éigin di."

D'fhan sé go dtí go raibh an toitín críochnaithe aici, agus gur imigh sí as radharc síos an pasáiste i dtreo an ardaitheora. Ansin, shiúil sé féin isteach san ospidéal. Suas an staighre leis, dhá chéim sa seal, go dtí urlár a cúig, áit a raibh Aoife. Bhí sí ina suí suas sa leaba, agus trádaire ar a glúine. Bhí cuma thuirseach uirthi i gcónaí. Ach bhí a glór níos láidre nuair a labhair sí.

"A Eoin," ar sise, "tháinig tú ar ais. Bhí eagla orm nach bhfillfeá."

Shuigh sé ar thaobh na leapa agus shín sé amach a lámh lena cuid gruaige a shlíocadh óna clár éadain. "Bíodh ciall éigin agat," ar seisean. "Nach bhfuilimse anseo i gcónaí."

Bhí ciúnas ann ar feadh cúpla soicind. Labhair seisean arís. "Cén uair a ligfidh siad abhaile thú?" ar seisean.

Chroith sí a guaillí. "Faoi cheann cúpla lá. Amárach, b'fhéidir. Sách luath."

"Go maith." Rug sé ar a lámh arís. "Tá cúrsaí an-chiúin agus tusa as láthair."

Caibidil a Sé

Bhí an Státseirbhís riamh an-tuisceanach má bhí éigeandáil teaghlaigh ann. Ghlaoigh sé ar a mhaor agus d'inis dó faoi Aoife agus an leanbh.

"Fadhb ar bith," arsa glór láidir Pheadar Uí Dhuibhir síos an guthán. "Tóg cibé am is gá. Drochscéal cinnte an ainbhreith sin. Tharla cúpla ceann do mo bhean féin freisin sular saolaíodh Seán s'againne. Bhí sé an-trí chéile ag an am, an-chorraithe go deo."

Réitigh Eoin an teach faoi choinne Aoife a bheith ag teacht abhaile ón ospidéal. Chuir sé rósanna bána i ngach seomra, agus líon sé an cuisneoir leis na bianna a thaitin léi. Bhí rún daingean aige. Chaithfeadh sé Aisling a chur taobh thiar de anois. Chaithfeadh sé jab ceart a dhéanamh dá phósadh. Agus é sin ráite, ba í Aisling a bhíodh le feiceáil aige nuair a dhúnadh sé a shúile. Glór bog Aisling a bhíodh le cloisteáil aige. Ghlaoigh sí air, agus chuir sí a lán téacsanna chuige. Bhí feabhas beag éigin ar a máthair. Shíl sí gurb é boladh na rósanna ba chúis leis. Bhí sí an-lag i gcónaí agus ní raibh aon dóchas ann go raibh biseach i ndán di. Ach ba mhór gach nóiméad sa bhreis a bhí ag Aisling lena máthair. Bhí Eoin an-chliste toisc go raibh a fhios aige go gcabhródh na rósanna lena máthair, dar léi. Níor dhúirt sé féin tada. Shíl sé go n-aithneodh sí roimh i bhfad nach raibh an spéis chéanna aige inti agus a bhí.

D'imigh na laethanta go mall. Bhí Aoife caointeach, éilitheach. Rinne sé a mhíle dícheall di. Ach bhí an chuma uirthi leath an ama gurbh eisean an duine deireanach a bhí sí ag iarraidh a fheiceáil. Sheiceáil sé an fón póca go rialta. D'éirigh Aisling as a bheith ag téacsáil. Ansin chonaic sé an fógra sa pháipéar. Bhí máthair Aisling tar éis bás a fháil. Baineadh siar as. Bhí a fhios aige go ngoillfeadh sé go mór uirthi. Sheiceáil sé an t-am agus an áit a ndéanfaí an corp a aistriú.

"Caithfidh mé imeacht amach, a chroí," a bhéic sé suas an staighre le hAoife. "Tá gnó beag le déanamh agam. Beidh mé ar ais faoi cheann uair an chloig nó mar sin." Phlab sé an doras ina dhiaidh sula raibh deis aici freagra a thabhairt, agus d'imigh leis sa charr.

Bhí an séipéal plódaithe, ach fuair sé suíochán ag an gcúl. Ba ar éigean a bhí sé in ann Aisling a fheiceáil amach ina suí sa suíochán tosaigh. Nuair a bhí na paidreacha thart chuaigh sé isteach sa scuaine daoine a bhí ag déanamh comhbhróin.

"Is trua liom do chás." Chrom sé, agus é ar tí a leiceann a phógadh. Dhírigh sí agus d'iompaigh sí uaidh. "Loic mé ort, tá a fhios agam. Tá an-aiféala orm. Maith dom é."

Níor dúirt sí tada. Ach shín sí thairis agus rug ar lámh an chéad duine eile sa scuaine.

D'fhan sé lasmuigh den séipéal leis an gcuid eile den slua. D'éist sé leis an gcomhrá.

"Bean an-deas ar fad. Agus chomh crua is a bhí an saol aici."

"Agus cad a dhéanfaidh Aisling gan í?"

"Nach raibh siad an-dílis dá chéile?"

"An-dílis go deo. Bhí, cinnte."

"Scéal truamhéalach. Ar dheis Dé go raibh a hanam."

D'fhan sé go dtí go raibh an duine deireanach imithe, agus go dtí go raibh Aisling ina haonar.

"A Aisling, le do thoil, éist liom. Míneoidh mé duit cad a tharla."

"Cén fáth?" Bhí cuma chrua dhúr ar a haghaidh.

"Mar – mar, tá mé i ngrá leat."

"Ba é sin a shíl mise freisin. Ach cén fáth ar thréig tú mé má tá?"

"Féach, a Aisling, tar amach liom. Bíodh deoch againn, agus míneoidh mé an scéal duit."

Luigh siad le chéile i leaba Aisling an oíche sin, an leaba shingil chéanna inar chodail sí ó bhí sí beag bídeach. Luigh an seanchat ar a gcosa agus é ag crónán leis. Bhí sé stoirmiúil amuigh. Bhí an ghaoth ag baint gliogair as seanfhráma na fuinneoige agus ag croitheadh na gcuirtíní.

"Beidh airgead agam nuair a bheidh gach rud socraithe. Gheobhaidh mé praghas maith ar an teach seo, fiú má tá sé ag titim as a chéile." Bhrúigh Aisling í féin níos cóngaraí dó. "Beidh mo dhóthain agam chun éirí as an bpost. Tá sé ar intinn agam aistriú amach faoin tuath. Ceannóidh mé seanteach beag agus fasfaidh mé glasraí."

Dhún sé a shúile agus rinne boladh a gruaige a análú isteach.

"Aon seans go dtabharfá cuairt orm?"

Níor dhúirt sé faic, agus rug sé greim níos láidre uirthi. Ansin léim sé suas go tobann, nuair a chuala siad beirt fothram ard síos staighre.

"Cad é sin?" ar seisean os íseal.

"Tada. Níl ann ach an doras cúil. Caithfidh nár dhún mé é i gceart. Seandoras nach n-oibríonn i gceart. Mura dtarraingíonn tú an hanla isteach agus greim láidir a choinneáil air, ní oibreoidh an eochair i gceart. Fan soicind." Shrac sí í féin uaidh. "B'fhearr dom dul síos agus é a dhúnadh. An ndéanfaidh mé cupán tae dúinn agus mé thíos sa chistin?"

Bhí sé i bhfad i ndiaidh meán oíche agus é ag dul isteach ina theach féin. Bhí an solas sa seomra codlata ag lonrú síos isteach sa ghairdín. Stop sé ag an doras tosaigh. Bhí súil aige go mbeadh Aoife ina codladh. Bhí teannas ar an aer agus é ag dul suas an staighre.

"Cá raibh tú?" ar sise leis agus é ag lasadh an tsolais sa seomra folctha.

"Ó, bhí orm bualadh le duine éigin ón oifig. Gnó a bhí tosaithe agam cheana, sular éirigh tú tinn, tá a fhios agat."

Chuir sé an cith ar siúl agus sheas sé faoin scaird uisce. Chuimil sé é féin go bríomhar. Agus chuir sé pitseámaí glana air ansin. Sheas sé ag taobh na leapan agus chuimil a chuid gruaige go raibh sí tirim.

"Cith? An tráth seo oíche?" Bhí an t-amhras le sonrú ar ghlór Aoife.

"Bhí mé sa teach tábhairne. Tá a fhios agat an boladh. Cheap mé nach dtaitneodh sé leat."

Chomharthaigh sí dó teacht isteach sa leaba. Chuir sé a cheann siar ar an bpiliúr agus dhún sé na súile.

"A Eoin," ar sise go tobann. "Caithfimid cúrsaí a phlé."

"Tá sé ródhéanach anois. Pléifimid ar ball é, amárach b'fhéidir. Caithfidh mise éirí agus dul ag obair ar maidin. Tá breis agus mo dhóthain am saor tógtha agam."

"Níl sin sách maith! Éist liom, tá cinneadh déanta agam. Tá leanbh uaim. Caithfimid a bheith lándáiríre faoi an uair seo. Tar éis ar tharla an uair dheireanach teastaíonn uaim go rachaidh gach rud i gceart an uair seo."

Shuigh sé suas agus rug sé ar an bpaicéad toitíní ar an gcóifrín.

"Tabhair dom iad sin!" Rug sí as a lámh iad agus chaith sí uaithi iad trasna an tseomra. "Caithfidh tú éirí as a bheith ag caitheamh toitíní. Ní dhéanfaidh sé cúis a thuilleadh. An bhfuil tú ag éisteacht liom?"

"Á, éirigh as, a Aoife. Tá sé an-déanach agus tá tuirse orm. Pléifimid é ar maidin." Bhí sé ar tí luí siar arís, ach stop sí é.

"Ach tá mé dáiríre, a Eoin. Tá leanbh uaim, agus an uair seo tá mé lándáiríre faoi."

Stán sí isteach san aghaidh air. Smaoinigh sé go tobann go raibh sí an-chosúil lena hathair. Ba chuimhin leis an méid a bhí ráite ag Liam Ó Dónaill leis an lá a d'iarr sé cead a iníon a phósadh.

"Tá tú á hiarraidh? Bronnaim ort í. Ach má dhéanann tú míshona riamh í, a Eoin …"

Abairt nár críochnaíodh.

Bhí Eoin ina shuí go luath an mhaidin dár gcionn. Bhí sé ag tnúth le hAisling a fheiceáil arís. Bhuail sé isteach ina teach ar a bhealach ag obair. Éadaí dubha uirthi ó bharr go bun, agus í á hullmhú féin do shochraid a máthar. Phóg siad a chéile, agus rug seisean greim docht uirthi. Shuigh siad agus greim láimhe acu ar a chéile. D'ól siad cupán tae agus chaith toitín fad a bhí sise ag fanacht ar charr na sochraide.

"Beidh mé ag caint leat ar ball," ar seisean agus rug sé barróg uirthi arís.

Nuair a chuaigh sé abhaile an oíche sin bhí Aoife ag fanacht air. Chuir sí amach a leiceann, ag súil le póg uaidh. Bhí sí ag breathnú i bhfad níos fearr.

Bhí smideadh á chaitheamh aici den chéad uair le roinnt seachtainí.

“Tá an dinnéar san oigheann,” ar sise agus líon sí amach gloine fíona dó. Shuigh sé síos agus d’ardaigh sé a gloine.

“Breathnaíonn tú go hálainn,” ar seisean léi. “Tá tú ar ais ar do sheanléim arís.”

“Tá, cinnte,” ar sise, agus chuir sí roinnt uisce lena gloine féin. “Braithim i bhfad níos fearr anois agus an cinneadh sin déanta agam.”

Níor dhúirt sé tada. Shuigh sí síos in aice leis. Rug sí ar a lámh, d’ardaigh sí go dtí a beola í agus phóg sí go cineálta í. Ansin, tharraing sí siar go tobann agus bhreathnaigh sí air le hiontas. “Shíl mé gur aontaíomar go raibh tú chun éirí as na toitíní.”

“Bhuel, tá a fhios agat an chaoi a bhfuil sé. Tógann sé tamall.”

Bholaigh sí a lámh go cúramach. “Ach ní *Sweet Afton* atá á gcaitheamh agat níos mó, ab ea? Branda eile atá anseo, braithim. Tá an boladh níos milse, níos banúla, mar a déarfá."

Bhí Eoin in ann an paicéad *Marlboro Lights* a shamhlú ar bhord na cistine ag Aisling. Bhí sí tar éis "Tá mé i ngrá leat" a scríobh ar an bhflapa taobh istigh agus an paicéad a bhrú isteach ina phóca agus é ag imeacht.

"Ó, rith mé astu inniu. Rinne mé tréaniarracht déanamh gan iad, gan a thuilleadh a chaitheamh, ach ní fhéadfainn é a sheasamh níos mó agus ghéill mé don chathú ar deireadh. Tháinig duine de na cailíní san oifig i gcabhair orm, agus thug sí cúpla ceann dom."

Rinne sé cros lena mhéara faoin mbord agus an bhréag á hinsint aige. Chaithfeadh sé an fhírinne a insint. Ní fhéadfadh sé leanúint mar seo. Ní raibh sé go maith ag insint bréag. Bhí a fhios aige nach raibh sé ag iarraidh cónaí léi mórán níos faide. Bhí sé chomh maith aige an scéal a insint. Bheadh air a bheith cruálach leis an gcineáltas a dhéanamh, ach ní go fóill. B'fhearr an scéal a phlé le hAisling i dtosach. D'fhan sé go ndeachaigh Aoife a chodladh agus amach leis. Níor thóg sé i bhfad air siúl chomh fada le teach Aisling. Bhí sé ina lánghealach sa spéir ó dheas. Ní raibh an doras cúil faoi ghlas i dteach Aisling agus shleamhnaigh sé isteach. Bhí sí ina suí ag bord na cistine, toitín i lámh amháin agus gloine fuisce sa lámh eile.

"Tú féin atá ann! Is aoibhinn liom tú a fheiceáil. Tá mé chomh tuirseach." D'fhéach sí suas air. Bhí a cuid súile tinn dearg ó bheith ag caoineadh, ach is í a bhí go hálainn i gcónaí.

"Rachaimid a luí," ar seisean. "Braithfidh tú níos fearr agus mise leat."

D'inis sí dó faoin tsochraid ina dhiaidh. Ócáid bhrónach a bhí ann cinnte, ach ócáid shona freisin. Bhraith sí go raibh a máthair ar a suaimhneas.

"Agus an bhfuil a fhios agat, a Eoin, Bhí me ag caint le m'uncail. Ceantálaí atá ann. Deir seisean go bhfaighidh mé an-phraghas ar an teach. Tá mé cinnte anois. Éireoidh mé as an bpost, agus rachaidh mé a chónaí faoin tuath. Ceannóidh mé an seanteach sin agus cuirfidh mé caoi air. Cuirfidh mé tús leis an ngairdín orgánach sin, agus fásfaidh mé glasraí."

"Iontach, a Aisling, ar fheabhas ar fad. Ach feicim deacracht amháin."

"Cén deacracht?" D'ardaigh sí í féin ar a huillinn agus bhreathnaigh sí air, agus roic ina clár éadain le teann imní.

"An mbeidh slí ann domsa, freisin?"

"Cinnte, beidh, a Eoin. Má tá tú ag iarraidh teacht liom, bheadh sin ar fheabhas. Ba cheart gur leor sé mhí leis an gnó a dhéanamh. Caithfidh mé fanacht ar an bprobháid, agus tig linn imeacht ansin."

Luigh siad le chéile sa leaba shingil chúng. Rinne an seanchat crónán. Lonraigh solas na gealaí anuas orthu. Chodail Aisling go sámh. Chuimil Eoin a cuid gruaige, agus phóg sé a leiceann. An chéad rud ar maidin. D'inseodh sé an scéal ar fad d'Aoife. Bheadh sé thart ansin.

Caibidil a Seacht

An mhaidin dár gcionn bhí sé ag fanacht ar Aisling sa seomra tobac. Bhí a meangadh cineálta agus greim a láimhe boige de dhíth go géar air, níos géire anois ná riamh. Eachtra an-dona a bhí ann ar maidin nuair a d'inis sé an scéal d'Aoife ag an mbord bricfeasta. Bhí sé lom díreach faoin scéal.

"Níl mé i ngrá leat a thuilleadh," ar seisean. "Tá sé tamall ó bhí mé i ngrá leat. Shíl mé go bhféadaimis cúrsaí a oibriú amach arís, tar éis duitse an leanbh sin a chailleadh. Ach tá mé lánchinnte anois, a Aoife, nach bhfuil aon cheo i ndán dúinne mar lánúin as seo amach. Tá rún agam imeacht."

Ba chosúil nár chuir a chuid cainte aon iontas uirthi. Shuigh sí ansin ina staic agus stán sí ar an sceanra, na naipcíní, na cupáin, na sásair, na plátaí, na bronntanais phósta uile. D'éirigh sí ansin, agus rug sí orthu ina gceann agus ina gceann, agus chaith sí leis an urlár tíleáilte iad. Nuair a bhí deireadh déanta, d'fhéach sí air agus bhí cuma a hathar uirthi.

"Ní bhfaighidh tú tada," ar sise. "Airgead m'athar a d'íoc as an teach seo. Mo chuidse airgid a d'íoc as an troscán, as é a phéinteáil. Mise a dhéanann cúram de. Ní bhfaighidh tusa an ruainnín is lú as an méid sin uile."

Ba chuma leis. Chúlaigh sé uaithi agus rith sé as an teach. Chuirfeadh Aisling an scéal ina cheart.

Chuaigh an bheirt acu abhaile le

chéile an chéad tráthnóna sin. D'fháiltigh an cat roimhe amhail is gur seanchairde iad nach bhfaca a chéile le fada. Shuigh siad go ciúin compordach cois na tine, iad ag ól tae, ag ithe brioscaí agus ag caint ar an saol a bhí rompu amach.

"Tá sé go haoibhinn anois agus tusa anseo in éineacht liom," arsa Aisling leis os íseal ar ball agus iad sa leaba le chéile. "Níor thuigh mé go dtí anois cé chomh uaigneach agus a bhí mé."

"Caithfidh mise bailiú liom amárach," ar seisean, "go ceann cúpla lá. Beidh ráiteas á thabhairt ag an Aire faoin ngearradh siar sna seirbhísí sláinte. Tá siad ag iarraidh orm beagán taighde a dhéanamh sna hospidéil áitiúla. Ní thógfaidh sé ach lá nó dhó."

"Cinnte." Bhí a glór sách codlatach faoin am sin. "Cinnte."

"Beidh mé ar ais arú amárach. Feicfidh mé thú sa seomra tobac ar a haon déag. Sin an áit speisialta againne, nach é, a Aisling?"

Ach níor tháinig freagra ar bith uaithi. Bhí a cuid súile dúnta agus í ag análú léi go mall réidh. Bhí sí fós ina codladh an mhaidin dár gcionn agus é ag éirí leis an traein luath go Corcaigh a fháil. Cibé bealach a thit cúrsaí amach, níor éirigh leis aon chomhrá a dhéanamh léi an chuid eile den lá. D'fhág sé teachtaireachtaí di, agus d'fhág sise teachtaireachtaí dó siúd. Agus nuair a ghlaoigh sé ar an teach an oíche sin, fós níor fhreagair sí. Tá sí tuirseach, an smaoineamh a bhí aige agus é ina luí ar an leaba sa B&B agus é ag féachaint ar an nuacht déanach. A máthair, mise, gach rud. Beidh orm an-obair a dhéanamh lena chinntiú go mbeidh cúrsaí níos fearr di amach anseo.

Agus ní raibh aon rian di sa seomra tobac faoin am a chuaigh ar ais ag obair an lá dár gcionn. Chuaigh sé suas na céimeanna dhá chéim sa seal go dtí a hurlár siúd. Bhí a deasc lom.

"Cá bhfuil sí?" ar seisean leis an ngrúpa cailíní a bhí ina seasamh ag an bhfuaraitheoir uisce. "Ar ghlaoigh sí isteach tinn?"

Bhí ciúnas ann ar feadh soicind. Ansin labhair duine díobh.

"Nár chuala tú?"

"Chuala céard?"

Ciúnas trom aisteach.

Bhris cúpla caoin goil.

"An dóiteán. I dteach Aisling. Bhí sé ar an nuacht ar maidin."

"Dóiteán? Cén dóiteán?"

"Sa seomra codlata. Níl a fhios ag aon duine cad a tharla. Ach bhí sé go dona. Tá sí, bhuel, tá sí …"

"Dóite, ar dódh go dona í?"

"Ní hé sin é, a Eoin." Agus leag maor Aisling a lámh ar ghualainn Eoin. "Tá sí marbh. Tháinig an bhriogáid dóiteáin ródhéanach. Is cosúil go raibh sí marbh faoin am ar tháinig siad ar an láthair."

Tháinig Aoife agus thug sí abhaile léi é. Bhí sí cairdiúil cineálta leis. Lig sí dó caoineadh agus rinne sí iarracht a bheith deas leis. Bhí an scéal ar fud na nuachtán. Bhí Aisling ag caitheamh toitíní sa leaba de réir dealraimh. Caithfidh gur thit a codladh uirthi agus gur chuir an toitín an duvet trí thine. Dúirt na gardaí leis go raibh buidéal cumhráin ar an gcóifrín a chuidigh chun an dóiteán a leathadh. Deatach a thug bás Aisling. Maraíodh an seanchat freisin. Bhí an teach scriosta go huile is go hiomlán. Ar deireadh nuair a bhí Eoin in ann dul a fhad leis an teach agus é a bhreathnú ghoill sé go mór air na ballaí loma dóite a fheiceáil, na ballaí dubha dóite. Bhí cúpla carn dríodair leathdhóite sa ghairdín tosaigh. Tháinig sé ar fhótagraf d'Aisling i gceann acu. Phioc sé suas é agus chuir sé i dtaisce ina vallait é.

D'éirigh leis na míonna a chur isteach ar bhealach éigin. Chas sé ar Aoife ag lorg tacaíochta, agus thug sí dó í. Deich mí ina dhiaidh sin saolaíodh mac dóibh.

"Tabharfaimid Liam air, i gcuimhne Dheaide," ar sise agus níor chuir sé ina coinne.

Máthair iontach ba ea Aoife. D'éirigh sí as a bheith ag obair sa siopa. Tháinig sí abhaile agus chaith sí a cuid ama leis an leanbh. Chuir an cúram grámhar a rinne sí den leanbh iontas ar Eoin. Chuir sé an-iontas air go raibh sí ag tabhairt bhainne na cíche don pháiste. Mhúsclódh sé i lár na hoíche agus chloisfeadh sé í ag caint os íseal leis an leanbh óg, í ina suí sa chathaoir luascach agus ceann chatach an pháiste lena brollach. Ach ba mhinic é ag brionglóideach faoi Aisling freisin. Go minic agus é ar tí titim ina chodladh, chonaic sé í ag meangadh, nó chuala sé a gáire, nó bhraith sé teas bog a colainne in aice leis. Agus bhain drochthaibhreamh dó in amanna, agus mhúscail sé agus boladh deataigh ina chuid polláirí.

Anocht mar shampla, bhí an boladh an-láidir. Shuigh sé suas caol díreach sa leaba. Bhí a chroí ag bualadh amhail is go raibh sé ar tí briseadh amach as a chliabhrach agus bhí na puthanna anála ag teacht go tréan óna bhéal. Thóg sé cúpla soicind air a oibriú amach cá raibh sé nó cad a bhí ag tarlú. Ansin chonaic sé Aoife sa solas lag taobh le cliabhán an pháiste. Bhí sí ina suí ar an urlár. Bhí toitín ar lasadh ina lámh aici, agus blúire beag páipéir sa lámh eile. Bhí a raibh ina vallait ina luí ar an urlár os a comhair amach. Stán sé uirthi le hiontas nuair a leag sí an toitín lasta leis an bpáipéar. Choinnigh sí ansin é sách fada le poll beag cruinn donn a dhéanamh ann. Rinne sí é sin arís is arís eile.

"A Aoife," ar seisean ar deireadh. "Cad atá tú a dhéanamh?"

Stop sí. Bhreathnaigh sí suas air. Choinnigh sí an toitín lena srón agus d'ionanálaigh sí isteach go tréan.

"*Marlboro Lights,*" ar sise. "Ní hé sin an branda s'agatsa."

Thóg sí suas an blúire páipéir arís agus choinnigh leis an toitín lasta é uair amháin eile. Leag sí ar an urlár é ansin, agus bhreathnaigh sé air.

"Shíl mé gur éirigh liom fáil réidh léi go huile is go hiomlán. Bhuel, d'éirigh liom anois."

Sheas sí agus shiúil sí anonn go dtí an cliabhán. Chrom sí síos agus phioc sí suas an leanbh. Agus shiúil sí amach as an seomra. Bhrúigh Eoin siar na héadaí leapa. Amach as an leaba leis.

Chuaigh sé ar a lámha agus a ghlúine agus é ag lámhacán thar an gcairpéad. Chonaic sé cad a rinne sí. An fótagraf bídeach sin d'Aisling ar éirigh leis é a thabhairt slán ón teach, bhí an fótograf sin pollta dóite anois. Bhrúcht an gol aníos ina scornach. Ba chuimhin leis go ríshoiléir anois an méid a bhí ráite ag Aoife leis fadó.

"Dá mbeifeása ag plé le bean eile bheadh a fhios agamsa ar an toirt. Ba é an boladh a sceithfeadh ort. Cinnte, bheadh a fhios agam. Ní fhéadfá an dallamullóg a chur orm."